日月《じつげつ》

Kusudo Masaru

楠戸まさる句集

ふらんす堂

目次

二〇一六年 5
二〇一七年 31
二〇一八年 59
二〇一九年 85
二〇二〇年 113
二〇二一年 139
二〇二二年 167
あとがき

句集

日月

二〇一六年

参道を逸れたる道の淑気かな

もの言はぬひと日なりけり寒卵

二階堂谷《やつ》浅春の水の音

鎌倉に遺る七口花木五倍子

おほがねの一打すなはち春動く
阿吽とふ布置紅梅と白梅と

潺湲と水湧くところ朝桜

山国の闇おし拡ぐ大桜

果《はたて》なき宙《そら》を飛びゆく落花かな

一水のきらめき奔る焼野かな

荒縄の軒に垂れゐる遅日かな

城跡の高楼に春惜しみけり

ゆく春や波止場に蜷局巻くロープ

天降りしや笑まひ涼しき半跏仏

塔の影しづかに寄する白牡丹

戒壇の四天眉寄す花樗

真清水の昔がたりのこゑかとも
女人なほ祈る不動の滝の前

渓音やしばし臥遊の夏座敷

脚垂らす生家の縁の夕端居

山百合の一茎勁く傾ぎたる

木に還るくわんおん立像閑古鳥

日光白根山

登攀の夏山胸に刻み去る

玉虫の屍の燦爛と谿の中

老波のしづかに寄するをとこへし
おほがねのはつかな揺れや鳥渡る

萩芒生けて宿りの古信楽

つくつくしつくつくしなほ遠くより

木洩れ日のゆれて秋声湧くごとし

立石寺　四句

秋気満つ岩の洞よりほとけごゑ

冷まじや大杉鎧ふ竹の菰

御霊屋や秋明菊の乱れ咲き

色変へぬ松を高きに法の山

木と語り岩と語りて松手入

一木に一草に秋深みゆく

会津　二句

うろこ雲旅に祈りのこころあり

自刃の碑かすめこゑ挙ぐ朴落葉

敗荷のひるがへるたび傷ふやす

破れゐてなほ日を恋ふる蓮かな

たちまちに日の遠ざかる冬薔薇

ひとつにてやがてふたつのかいつぶり

比叡より風をいただき赤蕪《かぶら》干す

枯るる中わが心棒をすくと立て

少年の掌のひらひらと雪婆

煤逃げのすゑ門前の蕎麦すする

行きずりにをろがむ仏十二月

二〇一七年

水底に棲むものの影春きざす

ちちははの眠る在所の蕗の薹

昼すぎの風ややや荒ぶ梅林

由もなき用にまぎれて二月尽

峡の家の火《ひ》天《あま》に吊す種袋

二月堂修二会　三句

お松明良弁杉へ雨しきる

どつと降る悔過の火の粉やお水取

鳥けもの踏める春日野草青む

定めなき空合ひ谷戸の木の芽道

一掬の水のつめたき山桜

てのひらに乗りし山雀あたたかや

一夜さの雨の沁みたる春田かな

卒業や金管の楽湧き起こり

石濡るるほどの雨過ぐ桜餅

つちふるや吉備の一塔かくれなき

近江路　五句

いくたびの旅の近江ぞ初諸子

観音の里の春水ほとばしる

木の芽冷くわんおんの臍《ほぞ》昏くあり

亀鳴ける義仲寺に旅しめくくり

朧にて翁遺愛の杖の丈

旅終へて柳絮しきりに飛ぶ真昼

啓蟄の藪つつきゐる放ち鶏

奥利根の淵あをあをと遅桜

源流の水はやりゆく端午かな

すこやかに児の熟寝して新樹の夜
腑に落ちぬことなほひとつ梅は実に

夏きたるきらめく象の尿かな

抱卵の浮巣の鳰に暁の月

ひと雨のあとの杉山洗鯉

東慶寺

岩がらみやぐらがらんとありにけり

人みなの背負ふかなしみかたつむり

万緑やをみな駿馬を馴らしをり

所沢（岩下邸）

老教授こもる紫陽花屋敷かな

笹の葉に芒種の雨滴とどまれる

わだなかに日輪くわつと沖縄忌

大粒の能登のゆふづつ落し水

心中《うら》に風の及びし真葛原

落人の裔の面差しさねかづら

長き夜の小面こゑを洩らすかに

ふかぶかと女人額づく菊供養

水音の高く澄みゆく家郷かな

満目の山河いづこも秋の声

欄に凭れてひとり月の客
九天へ吸はるる帰燕ひかりつつ

たれかれの訃の重なりて柿醫る

山門を入る短日の影法師

旅衣濡らす北国しぐれかな

蒸しあげて鬩くることなきずわい蟹

山国の闇のぶあつき冬北斗

顔見世や京に親しき橋の数

二〇一八年

餅花やはらからひとりふたり去り

一打また一打寒九の鐘の音

ひと抱へほどの木瘤を愛でて寒

河曲り曲りて海へ菜の花忌

ゆくところどこも水音桜狩

これよりの道なき道や余花残花

まなぶたのひたと打たるる飛花落花
花過ぎの堰切つて刻ながれ出す

父祖の地の山懐の花榁

若葉して鑑真廟のひそとあり

山深く手窪にあつむ苔清水

颯々と天祓ひたる今年竹

麦秋や島に静《しづか》御前が墓の伝

楽湧くや虻めぐりたる薔薇の口

山称へ植田たたへて越にあり

明易やはは焚く竈《くど》の火の記憶

青時雨かたまり寄れる無縁塚

姨捨　三句

青信濃田越し田越しの水の音

吹き下ろす風やりすごす田草取

田いちまい澳らさず梅雨の月の影

老鶯や谷戸の伽藍のひと並び

明け初めてなほも踊りの街流す

沼杉の気根突き立て敗戦忌

村見えて足軽くなる葛の花

合戦の川と伝へて下り鮎

小鳥くる石のみ残る不動跡

長谷川利行展

身に入むや放浪画家の回顧展

天高し墳《はか》を出で来よ飛鳥人

甘橿の丘よりつき来この秋思

雲の秋ひとり降り立つ山の駅

きのふはやむかしと思ふ草は実に

旅宿の夜よく匂ふ榠樝の実

ひよんの笛吹いて憂き世を忘じけり

踏切にしばしば堰かるる十三夜

鏡なす神代の澄みの池塘かな

虚空ゆく雲片々と神渡し

初ふゆの海の寄せたる小貝踏み
ならひ吹く磯に朽ちたる舫ひ杭

蟷螂の枯れて目の玉いよよ鋭き

茶の花や軒ふかぶかと開基廟

ひとすぢの紫はしる帰り花
木の根つこ纏れにもつれたる寒さ

木の葉髪にしひんがしへ旅重ね

にほどりの潜くに順のあるらしや

冬桜墓は深山の石ひとつ

喪ごころの歩みとなりし冬帽子

二〇一九年

古備前のすこし肩張る大旦

春禽の宙を駆けゆく迅さかな

料峭や節目あらはの木の仏

扁額の墨痕しかと梅の寺

母子草たむけ路傍の無縁塚

夜桜能（靖国神社）三句

竜笛のはつしと起こる花篝

花冷の夜の直面のシテの舞

二三片落花ゆきつく能舞台

禅刹のつつ闇駆けて恋の猫

をとこみな淋しかりけり葱の花

淵になほ棲むとふ河童山笑ふ

田楽の串干す伊賀の春時雨

春雷や蔵に覚めたる箱枕

旅衣脱げばこぼるる花の塵

蔵町のとある茶房の蔦若葉

荒塩をもて食ふ土佐の初鰹

初夏の旅の名残りの鯛茶漬

尺八の眇々と鳴る梅雨入かな

梅雨深し谷戸の坊より煙立ち

不動尊坐す内陣の涼しき火

夏草の束巻き込みし象の鼻

夏潮の崖にとよもす草枕

町石のたもとの蛍袋かな

紙魚這ひし五十三次双六絵

華厳の滝　二句

滝壺といふ大いなるたなごころ

迫り出せる柱状節理滝こだま

郭公や頭もたげし谷地坊主

落蟬の鳴き尽くしたる軽さかな

山母子峰に学徒の遭難碑

塔の影塔に吸はるる炎暑かな

方丈の縁先濡らし白雨去る

白扇を華一刀と舞ひ納む

秋めくとそよろと敏き柳かな

三彩の駱駝の吼ゆる残暑かな

きりぎりす一夜城址の野面積

戸隠神社

天手力男命《たぢからを》抛げし山とや一位の実

白萩や坊に囲める斎の膳

秋麗や聳つ山も伏す山も

反魂草岩間を水のかけ下り

うかうかと重ねし日数穂絮飛ぶ

飄々と生きて一徹いぼむしり
寝しづまる峡の一村稲つるび

かりがねやもの食ふ箸の手を休め

一水に石投げ秋思断ちにけり

慎ましくまた撩乱と冬牡丹

茶の花や修行の僧の下駄の音

束の間の光芒越のしぐれ空
しぐるるや遠流の島は沖に伏し

越後よりもらひきたるかこの噎
大海に果つといつぽんの枯野道

二〇二〇年

わだなかを出でて初日の溢れ出す

とどまれば影もとどまる寒月下

紅梅と白梅交はす密《みそか》ごゑ

蒼天へ気息放ちて臥竜梅

芽組み初む蘆花の旧居の櫓櫟

芽柳や水ありて橋ありてこそ

麦踏のははの背遠く遠くなり

たつぷりと柞の山へ春の雨

涅槃図のもつとも端に侍す百足

落人の峡の村老ゆ花辛夷

崖線《はけ》沿ひの泥の中より座禅草

山上の御師の一村つばくらめ

啓蟄の波ひたひたと舟溜り
こゑ潜め迫りくるものの春の闇

祈る祈る滴る山へ諸手打ち
一介の穢もゆるさざる泉かな

万緑へかたぶきて鳶一文字

道端の右往左往の芥子坊主

分け入りて河骨ゆらす山の鯉
拾ひたる落蟬になほ翔つちから

晩夏光山路に拾ふ雉子の羽根

戸袋の中のくらがり敗戦忌

たわたわと白鷺翔つや秋風裡

あかときの大音聲の桐一葉

宗祇忌の笠きて浸かる野風呂かな

傾けし頬突く仏萩月夜

山路きてほぐるるこころ桜蓼

花野行夕餉ワインの酔ひ少し

ぬかご飯このごろ妻の耳遠き

花辣韮とどろとどろと山の雷

朽ち舟の縁まで浸かる帰燕かな

墨蹟のかすれ自在や虫の秋

雲脱ぎし富嶽讃へて水の秋

蕭々と哭く木枯の大樹海

寒やふと記憶の底の炉火ゆらぎ

無患子を振れば種鳴る惜命忌

明治神宮　二句

けふも掃く落葉長柄の竹箒

ひとしきり鳥のこゑ降る落葉籠

朴落葉かざししばしの仮面劇

奥久慈の渓へと木の葉また木の葉

遠くきて炉辺にぬくもる鄙の宿

百鳥のこゑはなやかに十二月

銀杏枯れ億光年の星とどく

大いなるものの掌の中日向ぼこ

雪ばんば関跡までの杉並木

冬帽子小脇にとはの別れかな

二〇二一年

川底の泥ゆすり掻く鷺二月

芽ぐみつつ根方巌なす大欅

群れ咲いて盛るかたかご平泉

身を捩り合はせ鏡の花衣

どさと降る鴉桜の園漁る

空濠へ落花一片ひかり飛ぶ

濠の端に吹かれ嵩なす花の塵

竜と化し大蛇《をろち》と変じ花筏

旅鞄より花屑の二三片

万年の土偶の祈り鳥ぐもり

惜しみなく山の日とどく雉蓆

ゆらゆらと川波影を曳き日永

朧夜のあつき紅茶へ檸檬の輪

たれや棲む定家葛の匂ふ垣

桜の実ひとつぶづつに色凝らす

紫陽花の藍ひと色の中の廟

六月の切株はわが思惟の座

迅雷や皿にはつかな罅ひとつ

久に会ひ別れ涼しき一語もて

阿修羅より伸びて六臂の涼しき掌

牛の舌絶えずはたらく大青野

黄金虫つるびて花粉まみれかな

夜半にふと鯛こゑを洩らしけり

初秋刀魚きれいに骨の残りけり

露けさのやぐらの奥にまたやぐら

頬痩けし象かなしめる白露かな

露坐仏の背《そびら》に群れて曼珠沙華

星ひとつ流れてよりの幸不幸

耳朵長く菩薩秋声洩らさじと

山里の暮れてたちまち虫の闇

烏瓜真つ赤ぞまたも救急車

地図繰りてつのる夜長の旅ごころ

縄文の残り火かともななかまど

落葉松の金《こん》色《じき》に秋定まれる

諏訪大社

あめつちを鎮めてさやか御柱

かくれなき八《や》ヶ《っ》岳の峰々稲架襖

山々を囃し信濃の藁ぼっち
藁塚に凭れてぬくき日の家郷

姨捨　二句

冬の日のあまねく沁みて大棚田

畦高く鋤かれし棚田冬すみれ

本尊の厨子の扉《と》ぎいと鳴いてふゆ

煮凝りや星座しづかに移りゆき

冬銀河三角屋根の無言館

吉右衛門逝くや居並ぶ冬雀

竹林に野《の》良《ら》猫のあつまる漱石忌

短日の発止と交はす木々の影

大根を料る輪切りか短冊か

あつき日を額に目蓋に梅探る

数へ日の隠れごころの旅ひとつ

残る葉のはらりひらりと小晦日

二〇二二年

一水の華と砕けて初日影

寒日和なべて影添ふ磧石

逡巡しゆくて探りつ蜷の道

春立つや多摩の河原ののらばう菜

ゆきゆきてきらと岸辺の犬ふぐり

二分《ぶ》三分《ぶ》五分《ぶ》石山の梅めぐる

白波を追へる白波実朝忌

湧水のほとり接骨木芽組み初む

ゆく水のゆたかに奔し猫柳

巌頭の松傾ぎ立つ大石忌

梁《うつばり》の波うつ山家雛飾る

晩年の空あをあをといかのぼり

道それて祭のさわぎつくづくし

鯉鰭搔きて啓蟄の泥けむり

春嵐地軸かたむく星に棲み

桜東風山の札所の標旗

思ひきや術後十歳の桜かな

花冷や緑青しるき城の門

空也上人像

念々に経吐く聖鳥雲に

あゆまざらば詩嚢尽きなむ花大根

斑鳩をさ迷ふ夢も春深し

開帳や山々の威を正したる

草朧石のみ語る戦趾

巣立鳥大藁屋根の煙出し

岩手八幡平

鎮守までエゾハルゼミのこゑしきり

高く高く泰山木は花掲げ

墓一基抱く新樹の戦ぎかな

琉球の雲龍螺鈿愛でて首夏

而して句の座に転ず川床涼み

叫びたるやうな木の洞日雷

娘の贈りくれし朝顔ひらく

父の日の一花しみじみ紺深し

平泉

盛衰や青水無月の光堂

あとがき

『日月《じつげつ》』は二〇一六年から二〇二二年前半までの六年半の間に詠んだ句の中から自選した三百二十句を収録した第四句集です。

腎移植後の十年余、一日一日を疎かにせず丁寧に生きるよう努めてきました。できるかぎり旅に出て各地の自然や風土の中に身を置き、感性を研ぎ澄まし自らの体感によって納得できる句の創作をめざしました。

果して今回の句集に私の思いが結実しているか定かではありませんが、多少の手応えを実感しています。

二〇二〇年の春先から始まったコロナウイルスの流行は、大幅に社会活動の制約を迫るものとなり、今もなお「自粛」や「不要不急」なる概念が心の中に澱のように棲みついています。さらに世界に目を転ずれば目を背けたくなるような惨状が日々の報道にあふれ、人類の行末さえもあやぶまれる状況です。

このような中で俳句文芸の意義は何かと問うこともありましたが、今は一種メランコリックな気分を引きずりつつも、三十代から関わってきた伝統的な詩型に自らの思いを込めて文芸としての高みをめざす外ないと思っています。

句集名「日月」は平成二十年に世田谷区内に転居した後、町田市鶴川南方の緑山の霊園に墓地を求めその際墓石に刻んだ自作の句、

日 月 の あ ゆ み 絶 や さ ず 初 桜

に拠っています。

今日まで月一回の句会を通して共に歩んできた翡翠《ひすい》会の皆さんの存在も大きな支えとなりました。深く感謝申し上げます。

二〇二一年六月末

楠戸まさる

著者略歴

楠戸まさる（くすど・まさる）本名　楠戸　勝

昭和16年11月28日　神奈川県南足柄市生れ
昭和54年　鷹羽狩行主宰「狩」入会
昭和63年　第10回狩座賞受賞
平成元年　「狩」同人
平成14年　一身上の都合により「狩」退会
平成20年　世田谷区内に転居
平成２年　第１句集『竹聲』出版
平成12年　第２句集『飛火野』出版
平成28年　第３句集『遊刃』出版

俳句集団「翡翠《ひすい》会」代表
俳人協会会員

現住所　〒157-0066　東京都世田谷区成城3-15-1
シティハウス成城センターコート203

句集　日月　じつげつ

二〇二二年九月五日　初版発行

著　者——楠戸まさる
発行人——山岡喜美子
発行所——ふらんす堂
〒182-0002 東京都調布市仙川町一—一五—三八—二F
電　話——〇三（三三二六）九〇六一　ＦＡＸ〇三（三三二六）六九一九
ホームページ　http://furansudo.com/　E-mail info@furansudo.com
振　替——〇〇一七〇—一—一八四一七三
装　幀——君嶋真理子
印刷所——日本ハイコム㈱
製本所——㈱松　岳　社
定　価——本体二七〇〇円＋税

ISBN978-4-7814-1495-9 C0092 ¥2700E